KB010345

문학과지성 시인선 529

당신은 나의 옛날을 살고 나는 당신의 훗날을 살고

윤병무 시집

문학과지성사

문학과지성사에서 펴낸 윤병무의 시집

5분의 추억(2000)
고단(2013)

문학과지성 시인선 529
당신은 나의 옛날을 살고 나는 당신의 훗날을 살고

초판 1쇄 발행 2019년 6월 12일
초판 5쇄 발행 2024년 2월 22일

지 은 이 윤병무
펴 낸 이 이광호
주   간 이근혜
편   집 김필균 이민희 조은혜 박선우
펴 낸 곳 ㈜문학과지성사
등록번호 제1993-000098호
주   소 04034 서울 마포구 잔다리로7길 18(서교동 377-20)
전   화 02)338-7224
팩   스 02)323-4180(편집) 02)338-7221(영업)
전자우편 moonji@moonji.com
홈페이지 www.moonji.com

ⓒ 윤병무, 2019. Printed in Seoul, Korea

ISBN 978-89-320-3544-4 03810

이 도서의 국립중앙도서관 출판예정도서목록(CIP)은 서지정보유통지원시스템 홈페이지
(http://seoji.nl.go.kr)와 국가자료공동목록시스템(http://www.nl.go.kr/kolisnet)에서
이용하실 수 있습니다. (CIP제어번호: CIP2019021934)

문학과지성 시인선 529

당신은 나의 옛날을 살고
나는 당신의 훗날을 살고

윤병무

有日하게 사직할 수 없는 당신에게

시인의 말

빚꾸러기가 되어 주야장천 걸었다.
맨정신으로는 산문을 걸었고,
제정신으로는 시를 걸었다.
당신을 갚을 날이 아주 멀지 않길.

2019년 늦봄
윤병무

당신은 나의 옛날을 살고
나는 당신의 훗날을 살고

차례

해설

자는 사람
슬퍼서 자는 사람

달 이불

오늘도 달빛 덮고 잠들어요

오늘은 반달이에요

달도 반은 자야 하니까요

저도 반만 잘게요

-ㄴ지 모르겠어

어쩌면 우리는 이미 사라진 태양계를 살고 있는지 모
르겠어
아득한 별이 수명을 다하기 일만 년 전
이만 광년을 내달려와 우리에게 별빛으로 존재하듯
우리는 한때 지구라는 행성에서 밤하늘을
노래할 줄 알았던 직립보행 생물이었는지 모르겠어
공간이 시간을 떠날 수 없듯
시간이 공간을 지울 수 없어서 우리는
당시 생생했던 날들을 재생하고 있는지 모르겠어

그때 그곳에는 잠시도 멈추지 않는 바다가 있었고
그럴 거면 아예 끝장내라고 목 놓다가
이젠 운명을 치워달라며 무릎 꿇었다가
모래톱에 쓴 이름 삼킨 파도를 응망하다가
혼잣말 발자국만 남기고 떠났던 겨울 바다
길고 혹독한 빙결만 차곡차곡 쌓여
끝내 세상이 얼어붙었던 대사건이 있기 전의 현장을
우리는 당장인 줄 알고 살아내는지 모르겠어

그리하여 우리는 어떤 불행이 걸어간 시절에
슬픈 옛사람이 꾸었던 악몽의 등장인물인지 모르겠어
질려 소리친 가위를 흔들어 깨운 손에 이끌려
불쑥 무대 뒤로 퇴장한 건지 모르겠어
여명에만 꺼지는 무대 조명—서녁 달빛이,
무릎으로 세운 홑이불 산맥에 그림자 드리워
흉몽의 능선을 조감도로 보여주고 있는지 모르겠어
하얀 히말라야에 파묻은 얼굴인지 모르겠어

웬 목맨 귀신이 떠났던 대들보 찾아오는 소리냐며
후려치는 바람에 얼얼한 뺨이 벌게져도
손자국은 백 년 후 겨울날 홍시인지 모르겠어
앙상한 당신의 이름을 머리에 이고
겨울이 닳도록 탑돌이 하는지 모르겠어
당신과 나의 시간이 엇갈려 지나가도
당신은 나의 옛날을 살고
나는 당신의 훗날을 살고 있는지 모르겠어

당신은 나의 이름을 부정한 지 오래

나는 당신의 이름에 집 지은 지 오래
빗장 건 대문에 얼비친 얼굴이
바로 당신이자 나인지 모르겠어
잡풀 웃자란 마당이 무심한 자손의 묘소인지 모르겠어
행인이 서성이던 자리의 족음이 당신인지 모르겠어
새끼 기린을 뒤따른 바람이 나인지 모르겠어
당신인 줄 알고 밤길에 잘못 부른 이름인지 모르겠어

당신을 고인 물이라 명명한 이는 당신의 여름을 보았
는지 모르겠어
당신을 달이라 명명한 이는 당신의 그믐을 울었는지
모르겠어
당신을 사자라 명명한 이는 당신의 포효를 들었는지
모르겠어
나를 구렁이라 명명한 이는 나의 허물을 주웠는지 모
르겠어
시간의 개울을 건너본 이들은 우리를 살아보지 않아도
우리가 살아버릴 시간의 돌다리에서
굽이치는 물결을 만진 건지 모르겠어

그래서 살음을 生人이라 하지 않고 人生이라 하는지
모르겠어

불면

침구 밖으로 손을 놓았다
생각이 손의 가락을 탔다
괜한 생각을 쥐었다
움킨 생각이 펄떡였다

물낯에 얼굴이 비쳤다
일렁여 읽을 수 없었다
뒤척이지 않았지만
민낯은 잠들지 않았다

생각의 발이 박차 올랐다
물수리가 물의 살을 떠
말을 쥐고 날아올랐다
말에 발톱이 파고들었다

눈 붉은 말이 흘러나왔다
말에서 물비린내가 났다
묶인 말의 거짓말이었다
마르는 그물코의 냄새였다

생각의 손이 전등을 켰다
밖에서 어둠이 지켜보았다
말이 소등했다, 아직 한밤이야
생각은 틀렸고 말은 맞았다

보월步月

집을 이고 걸었다
무거워도 무거울 수 없는 집
번지는 있어도 부유하는 길

하현을 걸었다
경사가 심해 자꾸 미끄러졌다
외등 밝힌 집의 궤도를 돌았다

그믐 전날엔 달 작두를 걸었다
별빛 모서리를 주워
호주머니 속에서 움켰다 화끈했다

빈방에 웃옷을 걸었다
호주머니에서 쏟아졌다
한 줌의 입안 모래알들

기쁜-슬픈 이야기

슬픈 이야기를 들려드릴까요?
기쁜 이야기를 들려드릴까요?
기쁜 이야기라면, 힘들어요
아주 멀리 되돌아가야 하니까요
웃다가 화석이 된 이야기거든요
모처럼 웃었는데 파묻힌
기쁜 이야기는 살 한 점 털 한 올 없어요
골자만으로 기쁠 수 있으면 기쁘겠어요

슬픈 이야기는 어떠세요?
너무 익숙해 싫으세요?
(그래도 돌이킬 수 없어요) 아니면
롱 테이크로 시간만 잡아먹는
속 보이는 슬픈 드라마가 좋으세요?
좋아서 요실금을 느끼세요?
슬픈 이야기는 죽을 때까지 콩팥이 걸러낸
눈물보다 깨끗한 액체예요

기쁜 이야기는, 조금 기다리세요

전혀 새로운 시선이 아마도
또 다른 우주를 발견할 거예요
이목이 낯선 우주를 발견하면
지구인이 하나라고 믿는
우주가 은하단만큼 많을 거예요
설탕 한 스푼에서 풀어져 나오는
색색의 솜사탕은 많을수록 기뻐요

한입 베 물면 허망한 맛
기쁨으로 시작해 슬픔으로 끝나는 맛
달큰한 잔맛을 기쁜 이야기라고 할까요?
끈적한 흔적을 슬픈 이야기라고 할까요?
폭신한 희망은 자꾸 작아져요
우주의 은하, 은하의 태양계, 태양계의 지구
지구의 한반도, 한반도의 신도시
동산을 눈 붉은 신발 한 짝이 공전해요

오른 신은 괜찮다 하고
왼 신은 절망해요

기쁨을 향해 슬픔을 걸어요

기쁨을 지나 슬픔을 맴돌아요

동산 한 바퀴가 태양 한 바퀴면 좋겠어요

곧장 서른세 바퀴째 돌고 나면

기쁜-슬픈 이야기의 데자뷔를 들려드리겠어요

오래전 사라진 별의 빛을 보여드리겠어요

당신과 나의 학이편

나의 옛날을 사는 당신과
당신의 훗날을 사는 내가
외따로인 것은 별빛처럼
빛이 닿아도
열은 닿지 않아서이지

빛은 열에서 태어나지만
빛 없는 열은 당신이고
열 없는 빛은 나이니까
당신은 나의 옛날을 살고
나는 당신의 훗날을 살고

안녕의 시절은 시간이었지
어느 때부터 어느 때까지였지
빛이 열의 손을 놓았던 때는 시각이었지
때를 새긴 어느 한순간이었지
시간의 변주가 시작된 때였지

흩어졌지 오래도록 재편되지 않아

옛날이 훗날로 이행하는 중이었지
어둠을 길 삼아 고독한 길을 갔지
길은 고독을 배웠고 고독은 길을 익혔지
배우고 익혀도 기쁨은 따라오지 않았지

훗날을 사는 내가 멀리서 찾아갔지
옛날을 사는 당신이 찾아오지 않아
내가 당신을 찾아갔지
훗날이 옛날을 즐거워했지만
내가 당신을 즐거워할 뿐이었지

나를 사는 당신을 알아주지 않고
당신을 사는 나를 알아주었지
당신이 섭섭해하지 않아도 여전히
빛은 닿아도 열은 닿지 않았지
몰라주는 달빛이 그저 서운했지

아닌 이야기

사실도 거짓도 아닌 이야기니
아닌 이야기라고 하자
진짜 이야기는
아닌 이야기에서 시작되니

별에게 말하자 별빛이 흔들렸다
별과 별 사이에 인력이 살고 있으니
지시한 별처럼 말끝도 흔들렸다
그러니 흔들리는 이야기를 하련다
잉걸의 이야기는 늘 일렁이니

빛이 바뀌면 눈을 감쌌다
눈감지 못한 이야기는 이렇게 시작된다
모든 발견은 난생처음이기에
발견의 비극은 눈을 감출 수 없기에
눈 감아도 잔상은 눈의 길에 서 있기에
그럼에도 참상은 아니라고 믿기에
아닌 이야기를 꺼낼 수 있겠다

사실이 아니길 바랐지만 거짓이 아니었다
말의 빛은 자라거나 느닷없이 사라졌다
청자는 아팠고 아프다고 호소했다
거짓말! 단언은 화자에겐
거짓이었고 청자에겐 사실이었다
청자는 아팠고
화자는 말을 무를 수 없었다

청자의 통증엔 몸이 없었다
(몸 없이 아프다니!)
화자는 거짓이라 믿고 싶었지만
통증과 청자는 자웅동체였다
거짓의 방에 문이 닫히면
사실의 방에 밤이 열리고
거짓의 방에 불이 꺼져도
사실의 방엔 밤이 켜져 있었다

삼십삼 년의 시차에 몸은 두 번 태어났다
의지는 퇴화하고 감각은 진화했다

청각은 가슴팍 비질 소리를 들었고
시각은 빛의 살을 맞았다
빛은 쪼개져 떼 화살로 날아들었다
눈을 감으면 잔별들이 들끓었다
퇴화된 의지는 말을 배반했다
약속은 지켜지지 않았고 선언은 연기되었다

생각은 걸을 때마다 열매를 밟았다
과거는 선명하고 미래는 아득했다
건널목의 종소리는 멈추지 않았다
차단된 말은 우두커니 기다렸다
차단기가 내려진 채 신호는 죽었다
끝내 신호는 말을 거부했다
다시 고쳐 쓴 말은 손아귀에 뭉쳐졌다

거짓의 말은 말의 거짓이 아니었다
거짓을 말해도 사실을 말하는 것이니
모든 아닌 이야기는 사실의 이야기였다
항성이 스스로를 태워 빛나든

행성이 잉걸도 없이 환하든

아닌 이야기에는 여지가 없으니
디딜 곳이 어딘가
찬 달이 빛을 엎지른
언 강을 딛고 서 있으면
강이 녹을까
발이 얼까

당신의 괄호

생각이 말을 배어 이야기를 낳았다
말이 자라자 당신은 생각에 울을 쳤다

갇힌 말은 당신을 회전목마에 앉혔다
분단선 놀이공원의 훗훗한 옛날이었다

옛날의 이야기를 지우는 당신이
금빛 백마 안장에 앉아 맴돌았다

당신은 괄호를 열고 괄호를 닫았다
당신 등 뒤에서는 읽을 수 없었다

괄호가 열릴 땐 반달이 웃었다
괄호가 닫힐 땐 우물이 울었다

훗날 당신의 서술은 간명했다
투명한 거짓말도 터득할 줄 알았다

그 후엔 거짓말조차 팽개치고 당신은

괄호를 이불로 덮었다 머리끝까지

숨은 어찌 쉬는지
꿈은 어찌 꾸는지

당신의 괄호는 볼록 성벽이었다
자간字間에 서서 올려다보았다

그 위론 훗날의 밤하늘이 부유했다
밤마다 아침마다 황사가 눈을 밟았다

공중에서 땅을 일구며 날아간다는
몽골 황사의 신화를 들었다

대륙을 건너는 황사에서 싹이 돋는 동안
당신의 괄호를 조감도로 보았다

미지를 적시한 당신의 괄호가
그믐달로 열고 초승달로 닫았다

이름에는 까닭이

있소, 모든 이름에는
실정과 희원이 있소

실정은 희원의 까닭이오
희원은 까닭의 이름이오

이를테면 마음 心이 있소
그리고 반드시 必이 있소

必의 이름은 의지이어서
마음에 칼을 보탠 것이오

단칼에 동강 내지 못해
마음에 칼이 꽂혀 있소

휘어진 칼이 마음결에 휜 것인지
마음을 휘려는 것인지 알 길 없소

마음-칼에 꽃을 씌워주었소

하여 향기로울 芯이 되었소

하나 호명이 같아서
칼은 빠지지 않았소

이름을 똑같이 읽는 까닭은
다른 시간에 읽기 때문이오

날이 가고 달이 가고 해가 가도
철이 가는 줄 모르기 때문이오

춘분엔 지구가 정오에 닿소
시각이 칼을 뽑아낼 것이오

그땐 등허리에 장검을 두르고
바람길에 향기를 피울 것이오

겨울눈에서 싹이 돋은 까닭이오
艹의 잎이 마음을 그은 것이오

달 우물

말을 짚어
생각을 걸었네

달무리 우물을 길어
물 깊은 방에 놓았네

자는 사람
슬퍼서 자는 사람

한밤을 두르고
좌변기에 앉네

속말을 잘게 찢어
변기 물을 내리네

소용도는 말
역류하는 생각

생각에 갇힌 말

말에 고인 생각

변기에 물이 차오르네
생각에 말이 고여오르네

말은 말대로 생각은 생각대로
창유리에 걸어두었네

달무리에 생각이 휘도네
달 우물에 말이 부유하네

빚

당신의 뒷말이 켜지면
당신의 앞말은 꺼진다

가자 하면 멈추자 하고
멈추면 역행하자 한다

눈 붉은 당신 말이
나의 말에 부탁한다

당신의 말을 불신하고도
당신의 도덕을 믿으니

당신은 귓바퀴가 발개지는
대목을 알고 있다

슬플 준비가 되어 있으니
진심의 허언을 듣는다

귀를 가불하는 당신

말을 체불하는 당신

일찍이 채권은 없어도
채무는 남을진대

초가을 초저녁 초승달 아래

잎이 나무를 놓는다
어쩌다 생겨 시간을 놓는다
먼저 놓아 흔드는 손
떠나며 절교한다

작별을 마중한다
작별의 시간을 바람이 운다
울 일은 작별이고
작별은 시간에 있지만

사이를 바람이 분다
사주와 팔자를 풀듯
초가을 초저녁 초승달을 데려온다
이미 마른 잎을 내려놓는다

초가을이니 돌이킬 순 없지만
초저녁이니 기다린다
초승달이니 환해지겠지만
천운天雲이 가려버렸다니

당신과 나는 바람을 부릴 줄 몰라

당신 먼저 졌다

당신을 보며 시간을 울었다

초가을 초저녁 초승달 아래서

그만—,

저녁을 지나 밤에 당도했어요
봄밤, 밥상에 씀바귀 놓여 있던
봄밤, 좋았지요

풍경 없는 봄밤에 앉아 있어요
술 생각이 간절한데 어쩔까 해요
뭐든 더해지는 건 곤혹스러워요

씀바귀와 두부와 소주와
일 홉들이 유리잔이 있었지요
결국 빈 잔에 저를 따라요

한 손이 밥상 위에 떠 있어요
신중한 손은 유전됐어요
봄밤이 천천히 잔을 비워요

쓴맛에 쓴맛이 더해지면
두부 한 점이 농담처럼 따라가요
가만히 앉아서 가만히를 보아요

저의 잔은 제가 채워요
늘 채우는 게 일이거든요
마다할 수 있는 손이 없어요

거절하는 습관을 보고 배웠건만
그만―, 하고 말할 수가 없어요
제 상엔 늘 손이 하나뿐예요

봄 풍경이 차려놓은 밥상 위에
세 송이의 손꽃이 핀다면
그만―, 할 수 있는 봄밤이겠죠

한 손은 있지만 양손은 없어요
제 이름이 썬 상을 받을 날엔
상 앞에 모은 손은 둘일 거예요, 아버지

이웃집

밥술 같은 달이 뜨면
빈집에서 한밤을 살았다
삼 층은 내내 빈집이었다
까닭을 몰라 밤을 살았다
여명이 창을 기웃거리면
문을 걸고 빈집을 나섰다

다른 이유로 나는 떠났다
전원을 내리고 떠날 수 있었다
밤에는 밤을 재우고
낮에는 낮을 재운 삼 층은
낮에도 밤에도 떠나지 못했다
한동네 사람들은 쉬쉬했다

삼 층의 이름은 팔십년대 이니셜
이 층의 이름은 곡물의 하나였다
시대의 이름도 은유의 이름도
행인들은 외면하거나 읽지 못했다
사계가 지나도록 그대로인 빈집에는

해의 살만 방문했다

떠난다는 건 돌아오지 않는 것
돌아오지 않는다는 건
최후로 떠났다는 것
사연도 모르고 임차한 야행성 인간이
일 년을 혼자 앉아 달을 낳았다
품어도 품어도 달은 부화하지 않았다

타박네

타박타박 타박네야
네 어디메 울며 가니
내 어머니 몸 둔 곳에
젖 먹으러 울며 간다*

아픈 당신 노래 부르네
시위에서 꽃버선이 걷네
왼 무릎 위에 오른 다리 접고
천천히 설거지하네

장구 치는 낙수 소리
가락에 매운 당신 육성
뒷등에 선 당신의 친애
쿨럭쿨럭 기침으로 말하네

노래와 기침이 갈마드는 밤
산 높아 물 깊어 못 간다는 곳
젖 불어 땅 말라 가고 싶은 곳
참외꽃 피는 날엔 차마 흐느낄 곳

물음표로 변기에 앉아 물음표를 말하네
오늘의 어제와 내일을, 이음동의어를,
첩첩산중 갈피에서 경변을 누네
호우든 사태든 쓸리거나 묻힐 말을

아픈 당신 노래 잦아드네
퇴영한 적막 앞에 멈춰 서네
젖 불어도 도하하지 못해
강변을 반환盤桓하네

* 평안도 민요「타박네야」첫 소절.

불면 2

봄밤은 말을 재우지 않아
이불 밖으로 발을 내놓는다
발이 마른다 말이 마른다
표정을 기록한 수건이 마른다

길을 만지러 달팽이가 가출하듯
반달 마음을 침구 밖에 내민다
바스락바스락 시선이 마른다
옷걸이에 웃옷이 구부정히 서 있다

어둠을 뒤적이는 창문 안이 궁금해
봄바람이 기웃거린다
해감하는 자목련이 혀를 내민다
흘러든 잔바람이 방 안을 걷는다

몽골의 바람길을 따라온
황사가 눈꺼풀을 걷는다
홑이불 끌어 덮는 여명이 당도한다
금세 녹아버릴 새벽을 입에 넣는다

재채기

참으려 해도 안 할 수 없고
억지로는 못 하는 것

사랑도 예술도 불면도
갈비뼈 금 가는 재채기여라

청소년

1

생각이 쫓아오지 못하게 내달려요
맨머리로 한겨울을 들이받아요

고장 난 내일이 뒤따라와도
미끄러운 미래로 커브 틀어요

전속력을 내도 지난날을 따라잡을 순 없어요
감당할 만큼만 역주행해요

누구에게도 눈빛은 배달하지 않아요
내 눈빛은 길에 두고 왔어요

2

내 일기를 읽는 이는 없어요
형이 그저 글씨를 만질 뿐예요

검은 땅 어디에서도
돈 없으면 배울 수 없어요

코끼리만큼 쓰레기를 주워야
연필 한 자루와 땅콩 한 줌을 사요

연필을 아껴 짧은 일기를 써요
잠들면 깨알 글자가 깨울 거예요

반달

세기말에 만난 친구가 당시
중매로 만난 분과 밤길을 걸었다

하늘을 가리켜 친구가 말했다
저 달이 상현달일까요 하현달일까요

대답은 친구의 귀를
그저 반달로 만들었다

그날은 갔어도 달은 해를 빌려
지구와 저만큼 떨어져 상현과 하현을 켠다

쥘부채를 펴고 접는 현을 저어
나는 이십여 년을 천천히 귀가했다

아무도 묻지 않는 하늘에 오늘은
그믐행 쪽배가 칼끝을 세워 멈춰 있다

밤 파도가 뱃머리를 치켜올리고는

내내 내려놓질 않는다

당신은 달로 태어나
몇 해 전부터 초저녁을 맞았다는데

하필 삭에 닿아 그믐에 잠겼으니
눈웃음 짓던 쪽배가 숨을 참고 있을 테다

그래도 달이고 저녁이니 당신이
무잠이질 마치면 버선코 쪽배 타고 나타날 테다

그러고 나면 훗날 부채를 펼 상현달이
옛날 그분처럼 그저 반달로만 보일 테다

춘분

무리 잃은 반양盤羊을
겨우내 편파로 길렀다
(당신은 자꾸 떠나려 했다)
능선은 길을 벼렸다

언 길을 오래 걸어
지폐 몇 장으로 봄을 샀다
(당신은 자꾸 떠나려 했다)
옛 어른이 초상으로 떠났다

고목 앞에 서서 읍례했다
갈림길에서 왜바람이 망설였다
(당신은 자꾸 떠나려 했다)
가지 끝에 남은 잎은 완강했다

바람과 바람은 자꾸 언쟁했다
찢긴 낙엽들이 치솟았다
(당신은 자꾸 떠나려 했다)
함부로 한 말들이 흩어졌다

온갖 추측이 난무했다
불측지연에 걸음을 넣었다
(당신은 자꾸 떠나려 했다)
걸음을 놓아주지 않았다

방임도 지도도 하지 못했다
그사이 청춘이 저물었다
(당신은 자꾸 떠나려 했다)
서녘에 소소리바람이 불었다

동면을 마친 자목련 등치에
불룩한 종량제 봉투가 놓였다
(급기야 당신은 떠났다)
봄이 부화하는지 봉투가 꿈틀댔다

고무장갑

욕실에 달린 손
손끝에서 자라는 손톱
그렁그렁 괴네
말 걸지 않아도 떨구네

밖에서 자라나
뿌리 없는 손톱
저를 이기지 못해
자라면 빠지는 손톱

눈길을 바닥에 놓네
눈길에 손톱이 떨어지네
손톱에 내리는 눈길
눈으로 손톱을 줍네

청춘에 베인 손
손사래 치는 손을
차마 못 잡은 손
맨손에 쥐어보네

손쓰지 못한 손

벗어 욕실에 너네

손에서 손톱이 자라네

눈에서 손톱이 자라네

정월의 밤

정월 열사흗날 저녁
파장하는 장터에 서 있었다
짐차 위에 뜬 달을 보았다
성냥불처럼 달에게 빌었다

정작 대보름엔
낮도 밤도 흐렸다
빌 곳 없는 센 머리칼들이
희끗희끗 눈발로 흩날렸다

정월 열이렛날 밤
꿈에서도 말은 바싹 말랐다
눅눅한 침구가 환했다
달빛이 방 안에 앉아 있었다

어질러진 꿈길 따라왔을
달의 발길을 생각하며
천장을 올려다보았다
섭섭할 일도 아닌데

세면기에서 똑똑 물 들어도
달빛은 묵묵부답이었다
밤새 고여 단번에 쏠려갈
이승은 왜 이리 천천히 낙하하는지

조타수

생각을 이미지로 할 때는
장면이 지나가면 잠들 수 있다

생각을 말로 할 때는
오던 잠도 결을 잃는다

생각으로 말할 때는 어떤가
그때는 물낯이 잔잔할 수 있다

반면에 말로 말할 때는
출렁인다 파도에 파도가 올라탄다

그때는 위태롭지만
긴장이 균형을 일으켜 세운다

글로 말할 때는 어떤가
그때는 생각과 말이 다투므로

둘 중 하나다

진짜이거나 가짜이거나

잠을 내쫓은 생각에서 시작해
글로 말하다 보니

생각잖게 여기에 당도했다
생각은 말이, 말은 글이 조타수다

뒷모습

당신이 그리워할 때마다
내 마음은 닳아요

어긋난 길 끝에서
백묵처럼 사라지면

하고많은 속말들
어떻게 다 지우려고요

죄와 벌

네 죄를 네가 알렷다
모릅니다
그게 네 죄다

그리하여 벌 받았다
징벌이 기니 이승도 길다

죄 없이도 벌은 받는다
설명할 길 없어 원죄라 했다
선택한 죄

내친김에 신발 끈을 조인다
마저 벌 받으려고

작별 동행

뒷자리에 당신을 앉히고
단둘이 떠나는 날이 올까
목전이 아픈 당신을
흘깃흘깃 눈에 담아 달리는 날

뭍과 물의 갈림길에 닿을 수 있을까
상반된 경계를 절단할 수 있을까
젖은 뭍과 대양 끝자락을 움키고
당신이 당신에게 작별할 수 있을까

당신을 게워내는 당신
흰 등허리 두드리고 싶어도
다독이지 못한 손 부끄러워
내 먼저 바다에 던져버려야지

귓전에 날아든 쳇소리 설워도
설운 눈망울 보고 감췄어도
당신이 당신을 배웅할 때
따라 울던 내 손도 딸려 보내야지

남은 한 손으로 핸들을 잡고
더는 뒤를 엿보지 않을 그날 오면
장한 작별을 하고 잠든 당신 태워
애로를 벗어나 돌아오려니

아버지의 베개

영문도 모르고 가지는 꺾였다
회초리 되어 아비 베개 앞에 놓였다
베개 속에는 마른 근심이 가득했다

아비의 고단을 뉠 베개에 올라섰다
회초리가 중심을 잡아주었다
아버지 말씀이 벽지에 그려져 있었다

짧은 대답을 후렴했다
독하지 못한 가지가 방바닥에 놓였다
의가사제대 한 계급장 달고 내려왔다

그 시절 아비보다 나이 들어
가슴에 베개 베고 뒤척이는 밤
벼린 날이 생각의 살을 뜬다

머리칼 밟아 귀가한 겨울밤
낯선 길들이 까마득한 한밤
베개에 올라서기엔 늦어버린 밤

아버지 다시 한번 종아리 걷고 싶어요
벽지에 그림을 그려주세요
가지가 말라 있어요

꽃 피고 지고 열매마저 떨어져야
가지는 쉬이 꺾인단다
쉬이 부러지지 않으면 회초리가 아니란다

관상

면목에서 명운을 읽을 순 없어도
표정이 지은 집을 보면
알 수 있지 남향집인지 북향집인지

해가 뜨고 지고 달이 떠서
누구에게나 낮과 밤이 있고
달빛이 있고 달 그늘이 있기에

면목에 깃든 빛과 그늘을 보면
동향집인지 서향집인지 알 수 있지
볕을 일찍 들였거나 늦게 들인 집이기에

한 부모를 복제한 형제자매는 물론이고
쌍둥이도 각기 지은 집이 달라서
훗날에는 인상으로 쉬이 구별되지

표정이 지은 집의 요체 — 눈과 입은
볕이 드나드는 창이어서
눈빛과 음빛깔이 명암을 이루지

동향집을 지었다가 볕이 일찍 떠난 집
서향집을 지어서 볕이 늦게나 찾는 집
안채와 음색에서 빛과 그늘로 드러나지

남향집과 북향집은 명암이 분명해서
남향집 마당엔 샐비어꽃이 피어나고
북향집 마당엔 우산이끼가 자라나지

누구든 햇빛을 깔고 달빛을 덮고 싶겠지만
이승의 집들은 천동이 아니고 지동이어서
자전과 공전에 따라 제 관상을 그리지

불기 2563년 춘분

돌고 돌아
자정을 지나고 있다
올해에도

돌고 돌아
마지막 추위가 왔다
올봄에도

돌고 돌아
꽃보다 먼저 달이 만개했다
오늘은

서 있는 당신이
오랜만이라고 말했다
어색하게

당신은 또 떠나고
나는 또 남아
기약棄約을 매만진다

낮에 봤던
소발 꽃봉은 움츠릴 테다
밤새

돌고 돌아
봄꽃은 봄날에 필 테다
옛날인 양

말의 뒤편

마저 말하려는데
왜 목메는지

목메는데 왜
말은 역류하는지

말을 물고
뱉지도 삼키지도 못하는 밤

밤이 바람을 뱉는다
구름이 반달을 뱉는다

반달이 절반만 말한다
해에게 빌린 말

빛 없는 말은
달 뒤편에 있다

그믐달

첫새벽을 기다려
그믐달을 마중했다

갇힌 생각을 꺼내려고
그믐달을 베고 누웠다

생각의 무게를 못 이겨
달 날이 파고들었다

짙은 생각이 흘러나와
달 그늘에 고였다

가늘어 휘어진 생각은
긴지 않아도 차올랐다

새벽은 유년처럼 짧아
한번에 별들이 졌다

생각도 달 베개도
퍼렇게 잠들었다

생각을 생각하며

생각을 생각하지 않아 괴로운 당신
생각을 생각하며 저는 아픕니다

괴로움과 아픔은 둘 다 고통이어도
통각점은 멀거나 가깝습니다

당신의 괴로움은 바깥에 있고
저의 아픔은 안쪽에 있습니다

당신의 안쪽은 비어 바깥뿐이고
안쪽만 앙상한 제 바깥은 헐었습니다

그런 당신의 바깥엔 제가 있고
저의 안쪽엔 당신이 있습니다

종종 바깥마저 도려 안팎이 없는 당신
당신 생살 드러나 제 바깥도 빨갛습니다

그럴수록 색맹이 되어가는 당신은

핏빛을 읽지 못해 비린내만 삼킵니다

안쪽이 빈 줄 모르고 당신은
자꾸만 안쪽을 뱉어냅니다

생각을 생각하지 않아 당신은 떠났습니다
생각을 생각하며 저는 기다립니다

볕 요를 깔고

수압

머리를 헹구는데
수압이 낮아졌다

당신이 돌아온 것이다
돌아온 당신이 손을 씻는 것이다

기쁜 상상은 그만두자
당장 눈이 매우니

꽃버선

꽃대 따라 흔들흔들 웃던 당신
꽃버선 벗어놓고 떠난 당신
당신은 주석만 챙겨서
본문을 놓고 사라졌다

밤이 파놓은 빈방이 하도 깊어서
낮이면 샛노란 볕을 골라
당신 방문에 걸어두었다
볕들은 금세 시들었다

사금파리 볕을 맨발로 밟고도
편자처럼 당신은 무감했다
성찰의 시계도 멈췄다
떠도는 먼지만 부유했다

정면을 외면한 당신
당신은 손짓으로만 응답했다
당신에게 당도한 간절한 편지는
교정부호만 표시된 채 회신됐다

칡넝쿨의 답신을 받고 나는
질경질경 씹다가 뱉어냈다
뭉쳐진 말들을 길고양이가 물고 갔다
그날 이후 백지에는 겨울이 쌓였다

少로 외줄 타던 줄광대 당신
양손에 부채꽃 피우던 당신
외줄이 이승이건만 부채를 접은 당신
꽃버선 벗어놓고 맨발로 떠난 당신

갑 티슈

말을 기다리는 갑 티슈
말이 흘린 눈의 물을 받아냈다
모서리에 몰린 말이 젖었다
확언이어서 금세 젖었다
입속말은 뭉쳐지고 돛은 펼쳐졌다

제한된 시간이 흘러가버렸다
말이었다가 눈물이었다가 진땀이었다가
셋을 다 태워 배는 떠났다
망망한 인과因果를 헤맸다
돛을 뽑아내면 돛은 또 돋았다

닻도 매듭도 없이 하선下船했다
말만 부려놓고 기약 없이 헤졌다
말은 기록되고 추측은 부유했다
만약이라는 말이 수면을 휘었다
파문의 끝에서 길이 끊겼다

완고한 철제 의자에 앉았다

사계를 자란 생각이 싹둑싹둑 잘렸다
혼잣말들이 바닥에 흩어졌다
내민 목덜미에 더운물이 흘렀다
주룩주룩 매운 말을 바라보았다

고봉밥

겨울을 껴입고 귀가해 누우면
잠결 아내는 동태 종아리에
슬며시 발등을 얹어준다

아들 오길 기다려 아랫목에
고봉밥 품던 할머니는
손자 발에도 콩 자루를 묶어주셨다

그 겨울밤 어미도
그 겨울밤 아들도
윗목에 계신 지 십수 년

십수 년 전 후손 낳은 손자가
눈을 닫으며 시곗바늘을 되돌린다
콩 자루 속 맨발이 간지럽다

긁을 수도 뺄 수도 없어
종아리만 깨워두고 잠든다
절벅절벅 은하수를 걷는다

노을님의 말씀입니다

당신이 갈뫼못 해변에서
새빨간 립스틱을 잃어버렸다
눈치를 살펴 차를 되돌렸다
그새 황혼이 마중 나와 있었다

사라진 립스틱은 사라져 있었다
순교 성지에서 붉음을 보탰으니
담장을 넘어온 흑장미처럼
하늘도 바다도 검붉었다

숯을 삼키던 노을님이 말씀하셨다
너의 피를 모아 다시 주노라
거듭 네가 철철 흘리거나
입에 바르고 슬픈 말을 하여라

요띠에 뉜 아이

젊을 적 아버지 다녀가셨네
옛날 살던 집에 아이를 데려오셨네
고작 손가락만 한 아이를

아이를 손수건에 눕히며 물으셨네
아이를 어느 방향으로 뉘는 게 좋겠느냐
남향이에요 아버지 북향에는 망인을 모셔요

말없이 아버지 떠나시고
철로 같은 요띠 위에 아이를 뉘었네
누워 있기 힘든 아이 보며 뒤척였네

목각 같은 아이 보이지 않았네
혼자선 설 수도 없는데 어디 갔을까
둘러보니 옛날 살던 집이 아니네

혼자는 못 살 아이 두고 내가 떠났네
떠난 줄도 모르고 떠나버렸네
그 아이 영영 찾을 수 없네

달 집

집을 짓고 싶었지
해의 집에 살아본 적 없어
달 집을 짓고 싶었지

밤이 되면 열닷새간
노란 지붕이 자랐다가
야금야금 아껴 먹는 집

둥근 달 집을 지으려고
보름달을 만나려다가
하현달 벼린 날에 눈을 베였지

곧이어 삭망이라
눈은 필요 없었지
그믐밤은 동지처럼 길었지

초승달이 출항하면
자두 눈도 아물겠거니
달 집을 지으려면 눈부터 헐어야지

물비늘

말을 꺼내고 디딜 곳이 없을 때

명운을 태운 편주의 향방이 아득할 때

낯 비춘 물 근육이 꿈틀거릴 때

낙양을 엎지르고 만취할 때

물비늘은 갈쌍갈쌍 빛살을 삼키네

집으로 집으로

걸음을 본다
발길을 듣는다

내행성 행인들이
아침이면 떠날 곳으로 바삐 돌아간다

백육십오 년에 한 살 먹는 해왕성은
밤길에 말을 분실한다

소란한 소행성의 상념이
운석으로 다져진 발끝을 본다

비가역으로 이끄는 중력을 본다
양말이라도 홀랑 뒤집고 싶건만

헛가래

헛가래를 뱉을 때마다
당신은 당신을 뱉어냈다

당신이 당신을 욕지기할 때마다
당신의 말들을 모아 불을 지폈다

숨 쉴 때마다 가랑잎이 탔다
연기는 내가 마시고 기침은 당신이 했다

당신의 방은 기침 끝에 고요했다
오래 덮지 않은 당신 이불을 덮었다

속없이 이불은 따듯했다
체온이 얼룩진 이불을 끌어 걱정을 덮었다

뒤척여도 금세는 잠들지 않을 테니
당신의 콧노래 한번 듣고 싶건만

무심코 부르던 당신의 콧노래
가사는 삼키고 가락만 흐르던

양치

습관을 짜서 입속을 닦는다
잇자국 선명한 말을 닦는다

장담했던 말의 거품을 뱉는다
혀뿌리에서 욕을 끌어낸다

진한 말은 쓰고
달큰한 말은 유머를 모른다

웃기고 자빠졌으니까 슬프고
자빠지지 않으려고 유머를 짚는다

칫솔로 문대도 찌든 말은
치석처럼 혀끝에 걸린다

달 마을

매일 달 마을을 지납니다
한밤일수록 호객 행위는 잦습니다

삭망 이튿날은 립스틱이 짙습니다
입술은 얇아도 더한 홀림이 없습니다

체면이 말이 아닌 날은
밤길에 얼굴을 잃어버립니다

상현달은 면목을 숭덩 잘라
절반 그늘 속에 숨겨줍니다

며칠 못 가 보름에 민낯이 드러납니다
곳곳 흉터가 곰보빵입니다

빵의 뒤편은 본 적이 없어
상처의 본적은 알 수 없습니다

정면이 슬퍼 고개를 돌립니다

누구든 외면하려는 상흔이 있습니다

볕 요를 깔고 그믐달이 잠들었습니다
한 달을 못 잤으니 숙면할 텝니다

홑이불

겨울에 맞선 홑이불을 턴다
창밖에 기침을 털어낸다

동지에도 고집했던 체온을 턴다
어디에 쓴다고 바람이 데려간다

사라진 탯줄을 어디에 감췄을까
머리맡에 가위 두고 어떻게 잠들었을까

겨우내 포태한 편견이 기침을 출산했다
방 안의 알들이 모서리에서 뭉친다

찬 방바닥을 홑이불로 덮는다
혹한을 기억하는 홑이불을 넌다

한밤에 돌아올 육신을 덮고
함께 굽은 생각을 우겨줄 것이다

훗날엔 옛날을 기억할 퀴퀴한 육성

홑이불에 차곡차곡 녹취될 것이다

자정에 자리한 정오 볕에 널면
한때 빛났던 별들이 쏟아질 테다

서울역

당신을 만날까 봐
영등포역을 끊었네
내리려고 했건만
종착역에 당도했네

당신을 만나게 될까 봐
곧장 걸었건만
도처에 유숙한 당신의
선잠이 마중 나와 있었네

당면한 길은
당신을 관통하는 길
높은 베개 젖은 이불
지난날을 감은 눈의 암묵

도처가 당신일까 봐
지상에 오르다 만났네
계단에 웅크린 등허리
신도 없이 잠든

낯익은 당신의
물길을 지나쳤네
등허리가 분명한 당신
고여 어지러운 빗물

지상이 들어앉은 바닥을 보았네
편도에 서 있는 사람들
갈 곳이 기다리는 행인들
귀소 가능한 버스 정류장

기다리는 시민들 뒤로
낡은 가방이 지나가네
바퀴 하나 빠져 팔이 들고 가네
한밤에 당신이 스미네

가훈

행여 인생의 얼레가 뒤엉켜
서울역 노숙인이 될지라도
신문 이불은 당일 자로 덮자
덮기 전에 샅샅이 읽자

볕 요

고별 없는 작별을 바라보았다
준비 없이 당신은 떠났다
당신이 당신을 떠밀었다
생략을 세워두고 떠나고 남았다
잘 떠나는지 멀리서 지켜보았다

처소에 돌아와 오래 닫힌 문을 열었다
겨울 볕이 먼저 들어와 누워 있었다
반듯한 볕 요에 누워보았다
생각이 끼어들면 돌아누웠다
볕 요도 슬그머니 자리를 옮겼다

당신은 벌써 당도해 기억을 태우는지
삽시간에 방 안이 어두워졌다
천장에 써놓은 말들을 읽어낼 수 없었다
어둠을 끌어 덮고 당신처럼 누워 있었다
묵처럼 한밤이 엉겨 우리를 잠갔다

날개 없는 새

일이거나 술이었던 시절이었다
혼자 야근하는 마술사를 엿보았다
마술사는 비둘기 날개를 이발했다

멀리 날 수 없는 흰 새들
회전목마처럼 마술사를 맴돌았다
폼 나게 차안을 뜰 수 있는 묘수였다

겨울에 우는 비닐봉지 같은 날이면
새 없이도 생각했다
가위 같은 설산雪山 봉우리를,

희디흰 모서리에 서서
마술사 손이 놓은 트럼프처럼
종막의 카드를 팅기고 싶었다

중요한 것은 죄다 종이에 있었다
빳빳한 종잇장처럼 하강하며
마지막 패를 까뒤집고 싶었다

날개 없는 새가 곤두박질쳤어!
땅에 뭘 두고 왔나 봐!
목격자 새가 무심코 진실을 말해버릴까

이발당한 비둘기처럼 생각만 맴돌았다
슬퍼할 사람 몇 안 되는 지상을 걸었다
설산의 목격담이 예언을 미리 들었다

붕어빵

겨울 저녁, 팥소도 동결되었다
간지러운 뒤꿈치를 땅바닥에 찧으며
너는 동상凍上으로 서 있었다

주물이 열리면 붕어빵이 태어났다
단팥 3개 1000
슈크림 2개 1000

배고파서 그러는데요
단팥으로 네 개 주면 안 돼요?
너는 말했던가 말할 뻔했던가

꼬리를 잡고 너는 머리부터 먹었다
그래야 생각이 사라지니까,
사라진 쪽으로 검은 말들이 삐져나왔다

태생은 같았다
유전遺傳에는 양면이 있었다
욕구를 채우면 욕망도 채우고 싶었다

두 마리를 머리부터 먹고 나자
남은 붕어는 꼬리부터 먹었다
허기가 사라지자 생각만 남았다

너는 눈을 피했다
검은 집들이 닫히고 열리는 동안
너는 집을 떠났다

조문

실패를 거듭할수록 꽃은 만개했다
봄은 채색의 균형을 맞췄다
매화와 산수유가 환호하는 거리를 지나
뒤늦게 알게 된 처소에 당도했다

쉬쉬하던 사람들은 근접하지 않았던
처소를 까맣게 모른 채
두 번의 봄이 오도록 나는
매일 밤을 이고 있었다

최후의 살림이 그대로인
처소는 몇 해째 함구하고 있었다
검은 꽃이 핀 유리문을 누가 닦아놓았다

근거도 없이 믿은 문 앞에
탁주와 명태를 내려놓았다
애도와 겁을 모아 잔을 채우고 절했다
봄을 대신해 말했다
늦어서 미안하다고

달린 줄 몰랐다고
이젠 종다리처럼 날아오르라고

정작 하고 싶었던 말
부디 떠나달라려다가
이배離杯를 마셔버리고 서둘러 떠났다
불편한 길에서 만난
적요한 두견화에게도 다복한 매화에게도
그날의 조문은 한동안 말하지 않았다

간 봄이 다시 와도 꽃은 슬펐다
소문을 내면 떠날지 몰라
조용히 귀에 옮겨보았지만 소용없었다

이제는 안다
슬픈 사연은 사연이 슬플 뿐
꽃이 기쁘고 슬픈 이유는 아니라는 걸
그럼에도 가여운 망인을 탓했다니

조문 2

장례식장은 강변에 있었다
개나리 버스가 데려다주었다
우산으로 하늘을 가렸다

마련된 봉투에 이름을 썼다
작은이모가 조카를 보며
한동안 뉘신가 하였다

더 난처한 일은
세상을 알아보지 못하는 사람을
세상이 알아보는 일일 테다

나는 살얼음에 잠긴 두부였고
겨우내 웅크린 섞박지였다
복원은 불가능하다

여러 권의 달력이 바뀌면
육성도 사라질 것이다
눈 뜬 장님이 눈감을 것이다

방명록에 이름들이 다녀갈 것이다
두 번은 펼치지 않는 기록일 것이다
예쁘게 멍든 제비꽃만 필 것이다

속편

여러 날 배변을 못 하는 당신과
기침으로 한밤을 엎지른 다른 당신과
새벽까지 시선이 멈춘 또 다른 당신을
바라보다가 빌다가

겨울 복판에 삽을 찔렀다
어림없어 삽날이 부러졌다
간신히 짚으시라고 드린 지팡이
옥상에서 여러 날 비에 젖었다

닿지 않는 곳을 가리켜
손을 버리고 떠났으니
더 멀리 가신 어미 속은
얼마나 매웠을까

세면과 체면

하루를 놓은 손으로
일 일분의 얼굴을 씻는다
양손에 덮이는 얼굴
체면은 얼마큼 덮을 수 있는가

양손에 물을 받는다
양손에 얼굴을 담근다
얼굴은 젖고 물은 넘친다
체면은 부족하고 얼굴은 남는다

거울 속 얼굴이 마른다
마르면서 체면이 간지럽다
말은 남아도 얼굴을 닦는다
수건이 말을 읽는다

청산도에 가면

유채도 좋다는 청산도에 가면
수평선에 베여 다리 한쪽 잃은
물새가 있다는데

물새가 제 그림자로 먹을 갈아
파도를 다림질하는 어부의
조감도를 그려준다는데

이승을 건지는 어부 곁에서
봄 전어 두 마리만 받아먹고
염치를 저어 날아간다는데

새도 배도 외다리로 흔들리는
청산도에 가면 물어보오
바다가 가져간 절반의 이야기를

어떤 날

어떤 날은 기쁘네
혼자인 자를 혼자
만나러 오는 사람
와서 취하는 사람
취해서 오는 사람

어떤 날은 슬프네
혼자인 자가 혼자
앉아 말을 고르네
눅눅한 호콩처럼
까지지 않는 말들

술과 말

술에 말이 있고
말에 술이 없어
술로 말 부르오

술에 말이 가고
말에 술이 와서
술로 말 맞으오

술이 말 비우고
말이 술 비워서
술로 말 채우오

불의 물을 마셔
말에 불이 붙어
술로 말을 뉘오

문자메시지

내일 저의 빈소가 차려집니다.
방금 강변의 장례식장에 예약해두었습니다.
상제喪制가 황망하여 부음을 놓칠까 봐
작별 인사차 미리 말씀드립니다.
어울려 웃고 울던 날들을 회상하시어
남은 저의 식구를 위로해주시기 바랍니다.
그동안 고마웠습니다.
왔으니 갑니다.
마음은 두고 몸은 갑니다.

자다가 생각나
적어두었다

시인이 여는 또 다른 우리의 세상

김동원
(문학평론가)

1.

과학이 익숙하고 자연스러운 우리의 일상에 대해 관점의 전환을 요구할 때가 있다. 이해의 편의를 위해 예를 구해보자면 우리의 눈앞에선 분명 해가 뜨고 있는데 과학은 지구가 돌고 있는 것이며 하루에 한 바퀴씩 자전을 하고 있다고 알려준다. 우리의 일상적 관점에서 보면 지구는 한자리에 멈추어 있고 태양이 지구의 둘레를 하루에 한 바퀴씩 부지런히 돌고 있다. 하지만 과학은 태양을 한자리에 주저앉히고 지구를 자전축을 중심으로 하루에 한 바퀴씩 돌리는 전혀 다른 관점에 선다. 더 나아가 과학은 지구의 움직임이 이중, 삼중의 움직임이라고 말한다. 하루에 한 바퀴씩 스스로 도는 데 더하여 태양의 둘레를 일 년에 한 바퀴씩 도는 공전의 움직임을 갖고 있고, 그러면서 동시에 은하계를 돌고 있는 태양을 따라가고 있다는 것이다. 사실 우리는 모두 과학의 관점을 수용하고 있으며 그 관점이 이전과는 전혀 다른 세상을 열어주었음을 알고 있다.

과학의 관점을 수용한다고 하여 그 관점의 세상이 우리에게 체감되는 것은 아니다. 우리의 눈앞에서 해는 여전히 동쪽에서 떠오를 뿐이다. 하지만 눈부신 과학의 발전 덕택에 때로 과학의 관점에서 바라보는 세상이 몸에 직접 체감될 때도 있다. 1968년의 아폴로 8호에서 그 예를 찾을 수 있다. 크리스마스를 하루 앞두고 달의 주위를 돌았던 아폴로 8호는 달의 지평선 너머로 떠오르는 지구의 사진을 찍어 돌아왔다. 지구의 우리가 항상 보아온 것은 해돋이sunrise였지만 당시의 우주선에 탑승했던 비행사들은 인류 최초로 지구돋이earthrise를 체험할 수 있었다. 태양의 주위를 돌고 있는 행성 지구를 달의 궤도에서 체감한 순간이었다. 당시 지구가 떠오르는 사진을 찍어 돌아온 우주 비행사 빌 앤더스는 이러한 말을 남겼다. "우리는 달에 갔지만 우리가 실제로 발견한 것은 지구였다." 우리가 한 번도 체감하지 못한 관점의 지구를 처음 본 감격이 그에게 있었을 것이다. 그것은 과학이 열어준 새로운 세상이었다.

새로운 관점으로 새로운 세상을 연다는 측면에서 보면 시 또한 비슷한 측면이 있다. 다만 과학과 달리 시는 시인마다 자신만의 관점으로 그만의 세상을 연다. 때문에 시인의 수만큼 세상이 새롭게 열릴 수 있으며, 윤병무도 그 점에서 예외가 아니다. 따라서 그의 새 시집 『당신은 나의 옛날을 살고 나는 당신의 훗날을 살고』는 그가 자신만의 관점으로 열어놓은 새로운 세상일 수 있다. 독특하게도 그가 연 시의 세상은 과학의 관점마저 수용하는 양상을 보여주고 있다.

> 우주의 은하, 은하의 태양계, 태양계의 지구
> 지구의 한반도, 한반도의 신도시
> 동산을 눈 붉은 신발 한 짝이 공전해요
>
> ——「기쁜-슬픈 이야기」 부분

아마도 과학이 마련해준 우주의 지형도를 참고하지 않았다면 그의 걸음은 동네의 작은 산을 한 바퀴 돌아본 가벼운 산책으로 끝났을 것이다. 하지만 과학의 세계관을 빌려오면 충혈된 눈으로 한 바퀴 돌아본 동산의 산책이 지구 속의 또 다른 공전이 된다. 세계가 바뀌는 것이다.

그렇다면 그렇게 세상이 바뀐다고 무엇이 달라지긴 하는 것일까. 시인은 "동산 한 바퀴가 태양 한 바퀴면 좋겠"다고 말한다. 태양을 한 바퀴 도는 것이 일 년이기 때문에 단순한 산술적 계산으로 보면 동산을 한 바퀴 도는 것으로 시인만의 일 년을 살 수 있다. 시인은 눈이 충혈되어 있었으며 그것으로 보면 무엇인가 안 좋은 일이 있었음을 짐작할 수 있다. 또 걷는 동안 "오른 신은 괜찮다 하고/왼 신은 절망"했다고 말한다. 이는 시인에게 안 좋은 일이 있었나 보다라는 짐작을 더욱 강화해준다. 시간 이외에는 이 상황에 도움이 될 것은 하나도 없다. "서른세 바퀴"를 돌면 삼십삼 년의 세월을 밀고 갈 수 있다. 그 정도의 시간이면 어떤 절망도 무마가 될 것이며, 그것이 바로 시인이 동산을 도는 행성이 되고 싶은 이유일 것이다. 그리고 이러한 관점은 삶을 견디는 방법의 하나가 될 수 있다.

그의 이러한 관점은 아주 흔한 우리의 일상을 바라볼 때도 엿볼 수 있다. 가령 그에게 퇴근하는 직장인들은 "내행성 행인"이 된다.

내행성 행인들이
아침이면 떠날 곳으로 바삐 돌아간다
──「집으로 집으로」 부분

말은 때로 단순한 표현의 차이 이상이 된다. 직장인이라고 하면 이동의 궤도가 집과 직장으로 묶이지만

"내행성 행인"이 되면 "아침이면 떠날 곳으로" 돌아가는 퇴근길이 느낌을 달리한다. 퇴근길의 걸음에서 행성의 움직임이 동시에 만져지기 때문이다. 따라서 사실이 구절의 관점은 달의 지평선 너머로 떠오르는 행성으로서의 지구를 보았을 때와 동일한 관점이라고 할 수 있다.

시가 과학은 아니어서 결국 시가 돌아보는 것은 우리의 삶이다. 윤병무도 그렇다. 하지만 때로 시는 과학의 관점까지 시의 이름 아래 녹여내 새로운 세상을 열곤 하며, 그때면 우리의 삶도 다른 세상을 살 수 있다. 윤병무의 이번 새 시집에서 특히 눈에 띄는 점이다. 나는 그 점에 주목하며 이 시집을 살펴보려 한다.

2.

윤병무의 시집을 둘러보는 여정은 그가 바라보고 있는 것이 삶이기 때문에 가장 먼저 시인이 어떻게 삶을 바라보고 있는가를 살펴보는 것으로 시작하는 것이 첫 순서가 되어야 할 것이다. 삶을 기쁨과 슬픔의 두 갈래로 나눠 이해한다면 윤병무에게 삶은 슬픔 쪽으로 기울어져 있다.

물론 그의 삶에서 기쁜 일이 왜 없었겠는가. 그는 처

음에는 우리에게 "슬픈 이야기를 들려드릴까요?/기쁜 이야기를 들려드릴까요?"라고 묻는다. 하지만 곧바로 "기쁜 이야기라면, 힘들"다고 말한다. 기쁜 일이 있었으나 '화석'이 되었을 정도로 오래되었기 때문이다. 화석이 되면 뼈의 골격만 남는다. 그런 연유로 시인에게 "모처럼 웃었는데 파묻"혀 화석이 된 "기쁜 이야기는 살 한 점 털 한 올"이 없다. "골자만으로 기쁠 수 있으면 기쁘겠"지만 화석이 된 기쁨은 오래전의 일이라는 아득한 거리감만 가져다주기 쉽다. 기쁜 일이 대개 순간으로 우리를 스쳐 간다는 얘기도 된다.

"기쁜 이야기"를 말할 때와 달리 "슬픈 이야기는 어떠세요?"라고 물을 때의 시인은 곧바로 "너무 익숙해 싫으세요?"라는 반문을 잇고 있다. 시인의 반문 속에선 사람들이 살아가고 있는 대부분의 삶에서 슬픔이 도저할 것이라는 시인의 인식이 엿보인다. 그렇다고 그 슬픔이 부정적인 것만은 아니다. 시인은 슬픔에 대해 이렇게 말하고 있다.

　　슬픈 이야기는 죽을 때까지 콩팥이 걸러낸
　　눈물보다 깨끗한 액체예요
　　　　　　　　　　　　　—「기쁜–슬픈 이야기」 부분

　그렇다면 슬플 때마다 우리의 몸이 "눈물보다 깨끗한

액체"로 정화가 되는 것일지도 모르겠다. 그리고 그것이 우리가 슬픔을 감내할 수 있는 이유이기도 할 것이다. 하지만 삶이 지나치게 슬픔으로 가득 차면 힘들 수밖에 없다.

살아가면서 사람과 사람 사이의 갈등과 충돌을 피할 수 없다는 것도 큰 문제다. 윤병무는 생각의 차이로 빚어지는 갈등 앞에서 "생각을 생각하지 않아 괴로운 당신/생각을 생각하며 저는 아픕니다"라고 말한다. "생각을 생각하지 않"고 있다고 했으니 생각은 있으나 그 생각을 돌아보지 않고 있는 것이다. 대개 그러한 경우 생각을 바꾸어야 할 때가 생겨도 바꾸질 못한다. 생각이 습관이나 고집이 되는 경우이다. 그렇게 되면 생각대로 되지 않는 세상 때문에 괴로워질 수 있다. 시인은 그 생각을 들여다보지만 그렇다고 상대의 생각을 바꿀 수는 없다. 보통은 이런 경우 분노를 불러오는 것이 일반적이지만 가까운 사람이면 분노가 아픔으로 바뀔 수 있다. 그리하여 생각의 차이는 괴로움과 아픔이 된다.

괴로움과 아픔은 둘 다 고통이어도
통각점은 멀거나 가깝습니다
—「생각을 생각하며」부분

통각점이 멀거나 가깝다는 것은 생각의 차이로 보면

둘이 멀지만 관계로 보면 가까운 사이라는 의미일 것이다. 생각의 차이가 있더라도 관계마저 멀면 안 보면 그만일 것이나 가까운 사이라면 안 볼 수도 없다. 그러면 "당신의 괴로움은 바깥에 있고/저의 아픔은 안쪽에 있"어 번번이 빗나갈 수밖에 없는 둘인데도 함께해야 하는 사태가 벌어진다. 난감할 수밖에 없다. 우리의 삶에는 그런 난감한 상황이 닥칠 때가 있다.

사람들은 도대체 전생에 무슨 죄를 지었기에 이렇게 삶이 힘든 것이냐고 말할 때가 있다. 윤병무에게 있어서도 삶은 때로 벌이기도 하다. 하지만 그 벌은 죄를 모르고 받는 벌이다.

네 죄를 네가 알렷다
모릅니다
그게 네 죄다

그리하여 벌 받았다
징벌이 기니 이승도 길다
　　　　　　　　　　　　　　—「죄와 벌」 부분

시인은 "죄 없이도 벌은 받는다"고 했으며, "설명할 길 없어 원죄라 했다"고 이해한다. 비록 삶을 벌로 이해는 했지만 그는 벌을 마다하지 않는다. 그리하여 "마저 벌 받으려고"내친김에 신발 끈을 조"이고 있다.

우리가 슬픔을 감내할 수 있다고 해도 삶의 축이 슬픔으로 기울어 있고, 또 풀 수 없는 갈등의 관계를 감내해야 하는 것이 삶이기에 그것이 형벌처럼 느껴진다면 살아가는 일이 힘들어질 수밖에 없다. 그러나 윤병무는 삶의 힘겨움을 말하면서도 동시에 그 삶의 힘겨움을 덜어내주는 또 다른 순간들을 바로 삶 자체에서 발굴해낸다. 힘겨워하면서도 삶을 손에서 놓을 수 없는 이유일 것이다.

그 방법 중 하나는 비교적 간단하다. 바로 햇볕 좋은 날, 물결이 잔잔하게 일고 있는 물가로 가 앉는 것이다. 그러면 햇볕이 물결과 어울려 반짝거린다. 윤병무는 그때의 물결을 일러 "물비늘"이라 부른다는 사실을 알려준다. 말하자면 물결은 그 순간 물결을 버리고 물을 찬란하게 헤엄치고 있는 비늘이 된다. 더욱 중요한 것은 반짝거리는 물비늘에서 우리의 삶이 보인다는 것이다.

말을 꺼내고 디딜 곳이 없을 때

명운을 태운 편주의 향방이 아득할 때

낯 비춘 물 근육이 꿈틀거릴 때

낙양을 엎지르고 만취할 때

물비늘은 갈쌍갈쌍 빛살을 삼키네

—「물비늘」 전문

　가장 확연하게 피부에 와 닿는 구절은 "낙양을 엎지르고 만취할 때"이다. 어느 날 시인이 많이 취한 순간이다. 좋은 일이 있었을 수도 있고, 안 좋은 일이 있었을 수도 있다. 하지만 "명운을 태운 편주의 향방이 아득할 때"라는 구절과 맥을 같이한다고 보면 안 좋은 일일 가능성이 커진다. 그런데 그 순간이 사실은 빛나는 순간일 수도 있다. '갈쌍갈쌍'은 눈에 눈물이 넘칠 듯이 자꾸 가득하게 고이는 모양을 일컫는다. 일상적으로 보면 삶은 비틀거리고 있지만 사실 그 비틀거리는 삶은 빛을 삼키듯 슬픔을 삼킨 반짝이는 물비늘 같은 순간일 수 있다. 물결 없이 조용히 잠자는 수면은 평화롭기는 하겠지만 그런 빛나는 순간이 없다. 때로 풍파처럼 닥치는 삶이 빛나는 순간을 만들 수 있다. 시인은 강가에 앉아 반짝거리는 물비늘에 삶을 비춰본다.

　시인이 힘들 때 기대는 존재로는 아버지가 있다. 아버지는 돌아가셨다. 때문에 시인이 기대는 아버지는 기억 속의 존재이다. "술 생각이 간절한" '봄밤'이면 더욱 아버지 생각이 난다. 그때면 시인은 혼자 술을 기울이고, 혼자 마시는 술이 과해질 때가 있다. 아버지는 술이 과해지려고 하면 "그만—, 하고 말"(「그만—,」)해줄 수 있는 분이다.

시인에게 아버지는 또 흔들림을 회초리로 잡아주시던 분이다. 살다 보면 흔들릴 때가 있고, 그러면 그 순간 시인에겐 아버지가 떠오른다. 시인은 "아버지 다시 한 번 종아리 걷고 싶어요"라고 말한다. 하지만 아버지는 없다. 없는 아버지가 그 아들에게 이렇게 말한다.

> 꽃 피고 지고 열매마저 떨어져야
> 가지는 쉬이 꺾인단다
> 쉬이 부러지지 않으면 회초리가 아니란다
> ──「아버지의 베개」 부분

아버지의 회초리는 아들의 종아리를 때리려는 데 목적이 있지 않다. 때문에 쉽게 부러지지 않으면 회초리가 아니다. 그러면 자식의 흔들림을 막기 위한 최소의 폭력이기보다 그냥 폭력 자체가 되기 쉽기 때문이다. 아버지는 회초리를 통해 회초리는 때리는 것이 아니라 쉽게 부러지는 것이라고 가르쳐준 분이다. 흔들릴 때마다 더더욱 아버지 생각이 날 수밖에 없다. 아버지는 생각만으로 시인의 삶을 붙들어준다.

시인에게는 뒷모습을 남겨놓고 떠난 사람이 있다. 당

연히 힘들 때 생각날 수밖에 없다. 그러나 누군가를 떠올리는 것은 위험한 일이 될 수도 있다. 마음은 넓은 것 같아도 한 사람 이외에는 자리를 허용하지 않을 때가 많기 때문이다. 때문에 누군가를 생각할 때는 균형이 필요하다. 시인의 균형은 섬세하게 이루어진다.

당신이 그리워할 때마다
내 마음은 닳아요

—「뒷모습」 부분

시인은 그리움을 자신의 몫으로 삼지 않고 떠난 사람의 몫으로 쥐여주고 있다. 때문에 당신을 그리워하는 것이 아니라 "당신이 그리워"한다. 당신을 그리워했다면 그리움마저 시인의 몫이 되었을 것이다. 그리움이 시인의 몫이 되면 떠난 사람이 시인의 마음을 점거한다. 그러나 "당신이 그리워"하면 그리움은 떠난 사람의 몫이 되고, 그 그리움의 마음을 걱정하는 안타까움만이 시인의 몫이 된다. 때로 우리에겐 그런 균형이 필요하다. 생각은 하면서도 마음을 모두 내주면 안 되는 것이 우리의 삶이기도 하다.

그러나 삶이 힘겨울 때 가장 큰 위안이 되는 것은 함께 사는 사람이다. 문제는 오래도록 함께 살면 가까이 곁에 있을 때는 오히려 존재가 지워지기 쉽다는 점이다. 서로에게 서로가 숨 쉬는 대기처럼 변하고 만다. 항상 숨을 쉬고 살지만 대기를 의식하는 사람은 거의 없다. 이런 상황이 되면 오히려 부재가 존재를 일깨운다. 없을 때 그 빈자리를 통하여 존재를 깨닫게 된다는 뜻이다.

윤병무에게선 그 부재의 존재를 깨닫는 방식이 아주 독특하게 이루어진다. 아마도 시인은 화장실에 들어가 샤워를 했나 보다. 샤워를 하러 들어갈 때 같이 사는 사람은 집 안에 없었다. 집은 텅 빈 느낌을 주었을 것이다. 그 느낌과 함께 시인은 욕실로 들어갔다. 그러곤 샤워를 하면서 "머리를 헹구는데/수압이 낮아졌다". 시인은 수압이 낮아지자 그것으로 같이 사는 사람이 돌아온 것을 알아차린다.

당신이 돌아온 것이다
돌아온 당신이 손을 씻는 것이다

—「수압」 부분

짐작해보자면 집 안에 화장실이 둘이며, 한쪽의 수도를 먼저 틀었을 때 다른 쪽 화장실의 수도를 틀면 먼저 튼 수도의 수압이 떨어지는 증상을 보인다. 생활을 통해 알게 된 집 안의 수도 사정이다. 때문에 수압이 갑자기 떨어지면 누군가가 다른 화장실에서 수도를 틀었다는 뜻이 된다. 같은 집 안에서 사는 사람들만 알 수가 있는 일이며, 보지 않고도 수압의 변화를 통해 다른 화장실이나 부엌에서 손을 씻고 있는 당신이라 불리는 사람을 볼 수 있을 정도로 오래도록 함께 살았다는 얘기이기도 하다. 그는 "기쁜 상상은 그만두자/당장 눈이 매우니"라고 말하고 있지만 그 말에선 잠깐의 부재를 통해 자리를 비웠으나 그 자리를 다시 채워준 같이 사는 존재의 충만이 그에게는 기쁨이었다는 짐작이 가능하다. 그런데 왜 시인은 그 기쁨을 상상이라고 했을까. 씻다 말고 나가서 자신의 기쁨을 고백하는 스스로를 상상한 것은 아닐까. 안타깝게도 상상은 실현되지 못했다. 그러나 그런 존재를 옆에 두고 있다는 것은 기쁨임에 분명하다. 잠시 외출을 했다 돌아오면, 수압으로도 감지할 수 있는 존재는, 그 존재가 집 안에 있다는 것만으로도 삶의 큰 위안이 된다. 존재의 부재가 다시 채워지는 순간을 수압으로 확인하며 충만함을 느낄 때, 그런 존재를 옆에 두고 있다는 것은 삶에 큰 위안이 된다.

윤병무가 힘들 때 가장 빈번하게 기대는 자연으로는 달이 있다. 달은 하늘에 떠 있지만 그가 올려다보면 하늘에서 내려와 달빛을 이불로 내주고 시인과 함께 잠을 자준다.

오늘도 달빛 덮고 잠들어요

오늘은 반달이에요

달도 반은 자야 하니까요

저도 반만 잘게요

——「달 이불」 전문

반달은 반만 밝은 달이 아니라 반반씩 나누어 함께 잠을 자주는 달이다. 힘들면 고립되기 쉽다. 고립감은 잠도 나누지 못하는 상황으로 몰아간다. 함께 잠을 자도 따로 잠을 자는 느낌이 든다. 반달은 그러한 잠의 고립감을 해소해준다. 잠을 반반 나누어 함께 자는 것만으로도 큰 위안이 될 수 있다.

반달은 또 어느 날 밤, 말을 다 하지 못해 시인이 앓아야 했던 목메던 심정이 되기도 한다. 시인은 그날 밤을 일러 "마저 말하려는데" 목이 메어 말을 할 수 없었으며, 목이 메면서 "말은 역류"했다고 전한다. 때문에 그날 밤 시인은 "말을 물고/뱉지도 삼키지도 못하는 밤"을 겪어야 했다. 그리고 그날 밤의 하늘에서 "구름이 반달을 뱉"었다. 그 반달을 가리켜 시인은 이렇게 말한다.

반달이 절반만 말한다

해에게 빌린 말

——「말의 뒤편」 부분

　달빛이 달의 말이라면 사실 그 달빛은 달 스스로 내는 빛이 아니라 햇빛이 반사된 것이다. 때문에 달이 말을 하려면 해에게서 말을 빌려와야 한다. 반달은 그 말도 절반밖에 할 수가 없다. 달에 관한 또 다른 사실이 하나 있다. 공전과 자전 주기가 같다는 것이다. 다시 말해 달은 한 번 공전할 때 한 번 자전한다. 이를 가리켜 동주기 자전이라 부른다. 이 때문에 우리는 달의 뒷면을 볼 수가 없다. 우리는 언제나 달의 한쪽 면만 마주하게 된다. 달이 태양빛을 빌려 말을 한다면 빚지지 않은 말은 달의 뒤편에만 있다. 말에도 뒤편이 있을 수 있다. 시인은 그날 밤 말을 했으나 말의 뒤편을 전하질 못했다. 반달은 반만 말을 하며 말을 거두어야 했던 그날 밤의 시인이 앓았던 목메던 심정을 함께 앓아준다.

　때로 봄이 오고 꽃이 핀다는 사실만으로 위로가 될 때가 있다. 주기적으로 반복되는 것들은 풀리지 않던 문제도 때가 되면 풀릴 것이라는 희망이 될 때가 있기 때문이다. 하지만 윤병무에게선 달이 그 위로의 자리에 선다.

　올봄에도

돌고 돌아

꽃보다 먼저 달이 만개했다

—「불기 2563년 춘분」 부분

불기 2563년은 2019년이다. 2019년의 춘분은 3월 21일 이었다. 그날은 보름이기도 했다. 매화나 산수유같이 이른 봄꽃들이 피기 시작한 시기이기도 하다. 하지만 "마지막 추위가"와 꽃들이 주춤거리고 있었다. 그때 달은 보름을 맞아 가득 찼다. 시인에겐 달이 만개한 꽃이었다.

그러나 윤병무가 편재한 시의 세상에서 가장 인상적인 점은 삶을 바라보는 시각이 마치 과학의 관점처럼 우리의 일상적 관점을 완전히 전복시키고 있을 때이다. 그는 이렇게 말한다.

어쩌면 우리는 이미 사라진 태양계를 살고 있는지 모르겠어

—「-ㄴ지 모르겠어」 부분

시인이 이런 생각을 하게 된 배경에는 "아득한 별이 수명을 다하기 일만 년 전/이만 광년을 내달려와 우리에게 별빛으로 존재"할 수 있다는 사실이 자리 잡고 있다. 물론 이러한 배경은 과학적 지식을 바탕으로 한다.

우리는 행성 지구에서 현재를 살고 있지만 우리가 올려다보는 별들은 모두 과거이다. 가령 별이 지구로부터 이만 광년 떨어진 거리에 있다면 별빛으로 마주하고 있는 그 별의 오늘이 사실은 이만 년 전의 과거이다. 만약에 그 별이 오늘 사라졌다고 해도 우리는 그 별을 앞으로 이만 년 동안 계속 보게 되며, 그 별이 일만 년 전에 사라졌다고 해도 우리는 앞으로 일만 년 동안은 그 별을 계속 보게 된다. 별이 사라졌다고 해도 마지막 빛이 우리의 지구에 도착하는 데는 이만 년이 걸리기 때문이다. 이런 연유로 우리가 올려다보는 별이 사실은 이미 사라진 별일 수도 있다. 이 때문에 영국의 천문학자 윌리엄 허셜은 별을 가리켜 밤하늘의 유령이라고 했다.

위치를 바꾸어 멀리 우주에서 우리 지구가 행성으로 자리하고 있는 태양의 빛을 보고 있다면 이제 그 별의 행성에선 우리 지구의 시간이 아득한 과거가 된다. 만약 이만 광년 떨어진 별의 행성에서 우리를 보고 있다면 오늘 태양과 우리의 지구가 모두 사라진다고 해도 이만 년 동안은 계속 우리를 보게 된다. 이미 사라진 우리가 여전히 반짝이고 있는 것이다. 그래서 시인은 이렇게 말한다.

우리는 한때 지구라는 행성에서 밤하늘을
노래할 줄 알았던 직립보행 생물이었는지 모르겠어

공간이 시간을 떠날 수 없듯

시간이 공간을 지울 수 없어서 우리는

당시 생생했던 날들을 재생하고 있는지 모르겠어

그때 그곳에는 잠시도 멈추지 않는 바다가 있었고

그럴 거면 아예 끝장내라고 목 놓다가

이젠 운명을 치워달라며 무릎 꿇었다가

모래톱에 쓴 이름 삼킨 파도를 응망하다가

혼잣말 발자국만 남기고 떠났던 겨울 바다

길고 혹독한 빙결만 차곡차곡 쌓여

끝내 세상이 얼어붙었던 대사건이 있기 전의 현장을

우리는 당장인 줄 알고 살아내는지 모르겠어

—「-ㄴ지 모르겠어」 부분

우리가 힘겨워했으나 오래전에 사라진 과거 어느 순
간의 삶이 어느 별의 행성에선 빛으로 반짝일 수 있다.
그리하여 시인은 우리에게 가장 힘겨운 오늘을 지우고
'옛날'과 '훗날'만을 남긴다.

당신과 나의 시간이 엇갈려 지나가도

당신은 나의 옛날을 살고

나는 당신의 훗날을 살고 있는지 모르겠어

—「-ㄴ지 모르겠어」 부분

오늘을 지우고 옛날과 훗날만을 남기면 옛날은 사라져도 오랫동안 빛으로 반짝이게 되며, 훗날은 아직 채워지지 않은 시간이니 내가 살아가면서 채우면 된다. 우리의 삶 자체가 빛나고 또 채울 수 있는 여지를 갖는다.

그는 「기쁜-슬픈 이야기」에서 동네의 작은 동산을 "서른세 바퀴" 도는 것으로 서른세 해의 시간을 보낸 뒤에 "오래전 사라진 별의 빛을 보여드리겠어요"라고 말했었다. 왜 하필 서른세 번인지는 나도 모른다. 물론 그의 나이 서른세 살 때 어떤 큰 변화가 있었는가 보다라는 짐작은 가능하다. 어쨌거나 이제는 그가 말한 "오래전 사라진 별의 빛"이 무엇이었는지 알게 되었다. 그것은 바로 "기쁨을 향해 슬픔을" 걷고 "기쁨을 지나 슬픔을 맴돌"던 그 시간의 우리 삶이었다. 그때쯤 우리가 살아낸 모든 삶이었다. 시인의 세상에선 심지어 절망의 순간에도 우리가 별처럼 반짝이고 있었다.

3.

삶은 고단할 때가 많다. 고단한 삶은 힘겹다. 일상적 관점에서 그 고단한 삶을 뒤집는다는 것은 어려운 일이다. 대부분 평생 고단을 감내하며 살아야 한다. 하지만 윤병무는 고단한 삶을 감내하는 한편으로 묻는다. 우리의 삶이 정말 고단한 것일까. 혹시 지상에 고착된 우리의 시선이 우리를 속이듯이, 우리의 삶이 고단한 것도 일상에 고착된 우리의 시선 때문이 아닐까. 달에서 바라본 푸른 행성 지구처럼 우리의 시선을 어디에 놓느냐에 따라 고단한 삶도 푸르게 빛나고 있는 것은 아닐까.

지구의 오늘을 현재로 살아가는 우리는 가끔 불면의 밤을 앓는다. 잠이 오지 않아 이불 밖으로 손을 내놓고 이리저리 움직이며 시간을 보내는데, 그럴 때면 우리의 머릿속에서 온갖 생각이 들끓는다. 하지만 시인의 세상에선 그 불면의 우리가 "침구 밖으로 손을 놓"고 있으며 "생각이 손의 가락을" 타고 있다. 그러다 결국 우리는 불면을 이기지 못해 불을 켜고 만다. 여전히 바깥은 밤이다. '아직도 한밤이네'라는 말을 중얼거리면서 다시 불을 끈다. 그러나 시인의 세상에선 그 불면의 우리가 다음과 같이 바뀐다.

생각의 손이 전등을 켰다
밖에서 어둠이 지켜보았다
말이 소등했다, 아직 한밤이야
생각은 틀렸고 말은 맞았다

—「불면」 부분

우리의 현실에선 잠이 오지 않는 밤이지만 시인의 세상에선 불면이 별처럼 반짝인다. 윤병무가 연 또 다른 우리의 세상이다. ▨